LUCIANA SAVAGET

ILUSTRAÇÕES MIADAIRA

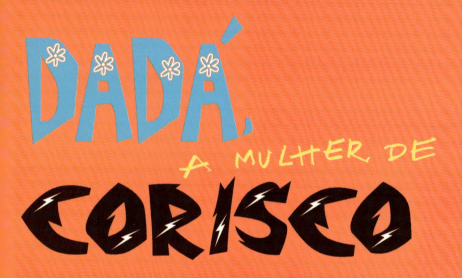

DADÁ, A MULHER DE CORISCO

Copyright © 2005 do texto: Luciana Savaget
Copyright © 2005 das ilustrações: Gilberto Miadaira
Copyright © 2005 da edição: Editora DCL – Difusão Cultural do Livro

DIRETOR EDITORIAL:	Raul Maia Jr.
EDITORA EXECUTIVA:	Otacília de Freitas
EDITOR DE LITERATURA:	Vitor Maia
ASSISTENTE EDITORIAL:	Andréia Szcypula
	Pétula Lemos
PREPARAÇÃO DE TEXTO:	Carla M. Moreira
REVISÃO DE PROVAS:	Ana Paula Santos
	Renata Palermo
	Valentina Nunes
ILUSTRAÇÕES:	Gilberto Miadaira
DIAGRAMAÇÃO:	Vinicius Rossignol Felipe
CAPA:	Gilberto Miadaira
ENCARTE PEDAGÓGICO:	Maria Helena Vieira
ASSESSORIA DE IMPRENSA:	Paula Thomaz
	Sintaxe Comunicação
SUPERVISÃO GRÁFICA:	Roze Pedroso
GERENTE DE VENDAS E DIVULGAÇÃO:	Lina Arantes de Freitas

Dados Internacionais de Catalogação na Publicação (CIP)
(Câmara Brasileira do Livro, SP, Brasil)

Savaget, Luciana
   Dadá, a mulher de Corisco ; Luciana Savaget ; ilustração Gilberto Miadaira. — São Paulo : DCL, 2005.

   ISBN 85-368-0024-0

   1. Brasil – História – Literatura infanto-juvenil 2. Cangaço – Brasil – Nordeste 3. Mulheres no cangaço – Literatura infanto-juvenil I. Miadaira, Gilberto.

05-7474   CDD – 028.5

Índice para catálogo sistemático:
1. Mulheres no cangaço : História : Literatura infanto-juvenil   028.5

1ª edição • outubro • 2005

Editora DCL – Difusão Cultural do Livro Ltda.
Rua Manuel Pinto de Carvalho, 80 – Bairro do Limão
CEP 02712-120 – São Paulo – SP
Tel.: (0xx11) 3932-5222
www.editoradcl.com.br
dcl@editoradcl.com.br

*Às mulheres do Nordeste, que, como Dadá,
amansam com esperança a tristeza do agreste.*

A história que eu vou contar aconteceu de verdade, mas ficou esquecida nas dobras do tempo. Foi vivida com sangue e paixão, e teve momentos de poesia.

Como a memória às vezes é fogo que queima a gente por dentro, os acontecimentos não podem ficar guardados por muitos anos, sob pena de sacrificar o coração, que é onde armazenamos os nossos melhores sentimentos. Por isso resolvi botar para fora,

em palavras, o que aconteceu com as personagens de um período inesquecível, ocorrido há vários anos. Nessa época eu nem era nascida, mas fiquei sabendo de tudo, porque fui juntando um disse-me-disse aqui, uma coisa falada ali, outra ouvida lá e, de repente, vi surgir nas minhas anotações a vida inteirinha de uma mulher que esbanjava coragem de homem, sem nunca deixar de ser feminina.

Nos sertões do Nordeste todos a conheceram como Dadá, cujo nome de batismo era Sérgia da Silva Chagas, considerada a princesa do cangaço. Ela foi mulher do temido cangaceiro, batizado ao nascer de Cristino Gomes da Silva Cleto, mas que cresceu e se afamou como Corisco, igual ao raio em dias de tempestade. Ele também ficou conhecido pelos apelidos de Alemão, Diabo Louro e Louro de Fogo. Isso por causa da sua coragem arretada de levar tudo a ferro e fogo.

Corisco tornou-se o mais famoso entre os chefes dos subgrupos que formaram o bando de Lampião. Diziam que ele era um homem bonito, alto, louro e de olhos azuis, herança deixada pelos holandeses, que viveram naquelas bandas na época da colonização. Também elegante e inteligente, parecia pertencer a alguma corte de reis e rainhas do estrangeiro. Mas as aparências enganam: aonde ele chegava, a terra tremia, o céu explodia em trovões, mesmo em dia sem chuva, e rolavam pedras dos montes. O povo comentava que sua malvadeza era ainda maior que a do próprio líder Lampião.

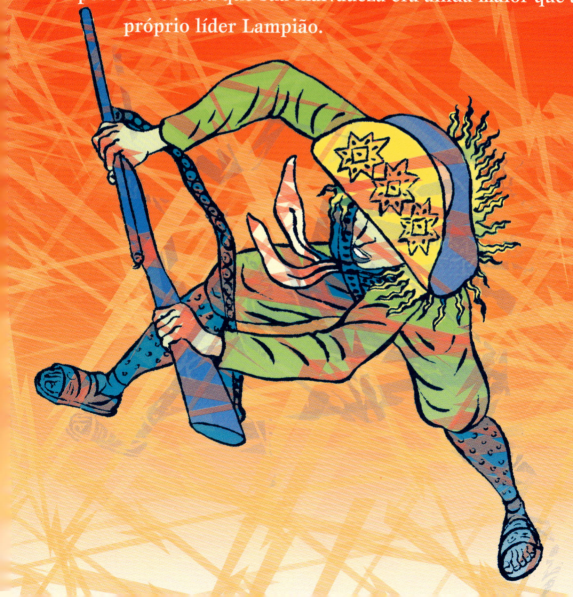

Um dia, no início do século passado, esse cabra de cabelos longos, todo enfeitado de medalhas, chegou à fazenda onde vivia Dadá montado num belo animal. A mocinha de 13 anos lavava as roupas dos irmãos no tanque, ao lado da casa. O cangaceiro, que parecia cuspir fogo, olhou para ela e gritou para quem quisesse ouvir:

— Mais tarde eu venho lhe buscar. — E sabiam todos, a menina também, que palavra de cabra do Nordeste não volta atrás.

Na manhã seguinte, bem cedo, Dadá avistou pela porta entreaberta a chegada daquele cavaleiro de cabelos da cor de milho maduro, parecendo personagem dos folhetins de cordel. Destemida, ela saiu para vê-lo de perto. E ele, sem apear da montaria, curvou-se e agarrou-a pela cintura, jogando a jovem na garupa, pouco se importando de pedir ou agradecer. Virando-se para a jovenzinha assustada, disse apenas:

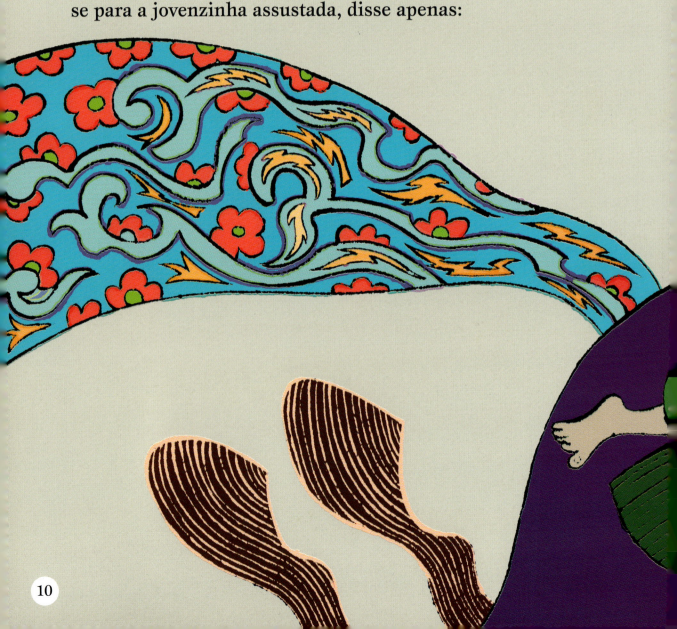

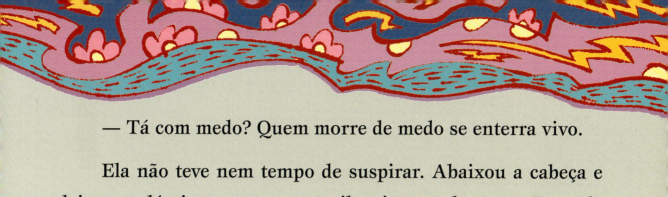

— Tá com medo? Quem morre de medo se enterra vivo.

Ela não teve nem tempo de suspirar. Abaixou a cabeça e deixou as lágrimas escorrerem silenciosas pelo rosto. Daquele dia em diante, nunca mais voltou para casa.

Sérgia nasceu no interior de Pernambuco, numa pequena vila, às margens do São Francisco, como tantas outras do sertão nordestino.

Sol intenso e prolongado, terra rachada pela falta d'água, mato seco, vidas secas. Nesse mundo ela cresceu, sem completar a infância, porque foi roubada pelo homem com apelido de coisa ruim quando ainda brincava de boneca de pano, mal sabendo o que era o amor. Aprendeu o que precisava aprender, assim, de repente. A necessidade deu-

lhe as habilidades para escapar de um tiroteio na hora certa, arma na mão cuspindo bala, de modo a cobrir a retaguarda tão bem quanto os outros cabras que o marido comandava. Seu grito varava o ar como o sol racha o chão:

— Corisco, corre homi, que do céu só vem tiro!

E disparava a galope sem cavalo, ralando nos espinhos de quipá e xiquexique, levando a tiracolo, no peito, as cartucheiras carregadas; e, nas costas, a carabina atravessada, de um lado, e a bolsa com os seus pertences, de outro.

Nas horas de calmaria, Dadá mostrava sua destreza em costura. Adorava combinar linhas para fazer bordados... Desenhava modelos de roupa como se fosse modista profissional. Foi ela quem criou os famosos — porque bonitos — bornais usados pelos cangaceiros.

Corisco levava Dadá de um canto a outro, de assalto a assalto, de tiroteio em tiroteio. No princípio, ela tinha horror dele. Mas no convívio forçado foi tomando gosto, e nasceu o amor que virou paixão como ninguém nunca tinha visto naquelas lonjuras do Nordeste. Ela costumava dizer:

— Eu tenho o amor do mundo por ele.

A vasta paisagem rude das caatingas e dos sertões testemunhou a união desse casal. Quantos caminhos foram traçados pelos dois, sempre juntos, subindo serras, descendo montanhas, atravessando rios, cruzando capoeiras, em marcha batida por quilômetros e mais quilômetros, na luta difícil, no amor compartilhado, na fuga interminável. Segundo Dadá:

— O que a gente andou de terra dava pra rodar a Lua.

Nesse de lá pra cá, ela arranjava barriga. Chegou a dar à luz sob artilharia feia, à sombra dos umbuzeiros, ao relento das estrelas. Todos os anos Dadá ganhava um nenê. Teve sete. O primeiro, de nome Josafá, nasceu dia 1º de maio, sob intenso corre-corre pela caatinga e balas de rifle zunindo baixo. Era tanta faísca e zueira, tanto monta e desmonta, corre e agacha, que a criança, ainda pequenina e frágil, não resistiu, partiu deste mundo para outro sem completar um ano de vida.

Dos sete rebentos, só três sobreviveram, um rapaz e duas moças. Suas histórias parecem invenção, mas foram contadas da própria boca e escrita nos livros.

Certa vez, o grupo fugia das volantes, como eram chamadas as tropas de soldados que perseguiam os cangaceiros, quando Dadá começou a sentir as contrações do parto. Cambaleou o quanto pôde, depois foi carregada na rede por dois homens até

darem às margens de um rio. Chovia forte e o bando precisou atravessar a correnteza com a água batendo no queixo. Mesmo amparada nos dois cabras, Dadá não sabia o que mais a sufocava, o aguaceiro ou a dor. Desesperada, reclamou:

— Corisco, não agüento mais. O menino vai nascer aqui dentro!

As energias por um fio, mas apelando para um último e supremo esforço, conseguiram tirá-la do rio. Muito nervoso, o marido ajeitou ali mesmo um lugar para deitar a mulher sobre a margem de pedras. Quando as coisas pareciam arranjadas para que o parto finalmente transcorresse conforme a natureza, Dadá gritou:

— O menino está atravessado na minha barriga!...

Receosos de perderem ao mesmo tempo mãe e filho, aqueles cangaceiros, acostumados a lutar pela vida com as próprias forças, não tiveram dúvida em apelar para quem sabiam que podia mais do que todos juntos, e começaram a dizer alto uma reza linda:

"Valei-me, Nossa Senhora do Parto!
Alumiai essa criança.
Olhai para nós.
O céu do sertão é aquele mundo do outro lado".

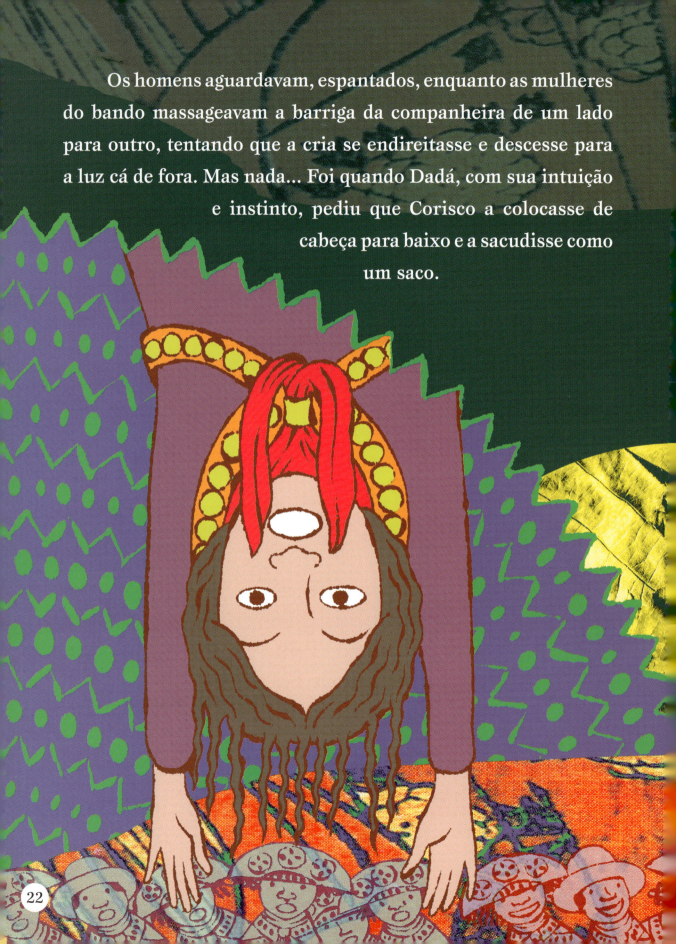

Os homens aguardavam, espantados, enquanto as mulheres do bando massageavam a barriga da companheira de um lado para outro, tentando que a cria se endireitasse e descesse para a luz cá de fora. Mas nada... Foi quando Dadá, com sua intuição e instinto, pediu que Corisco a colocasse de cabeça para baixo e a sacudisse como um saco.

O marido, que não tinha medo de nada e era um cabra de muita força, pegou a mulher pelas pernas e sacudiu, sacudiu... Depois a deitou na cama improvisada, e o menino já saiu aos berros, como se adivinhasse a vida dura que ia levar.

Entre as tantas razões que faziam de Dadá uma criatura especial, meio diferente de qualquer um de nós, destacava-se a sua premonição. Quando ela sonhava com boi bravo voando para cima das pessoas, matando todo mundo, o bando já sabia o que isso significava: guerra. E não havia erro. Os integrantes do grupo logo tratavam de preparar o armamento porque do outro lado vinha chumbo grosso. Quando se ouviam os estrondos no ar, como disparos de canhões, certamente na noite anterior Dadá tinha sonhado com uma daquelas coisas estranhas de animal voador.

E era mesmo um deus-nos-acuda. Bala pra tudo quanto é lado... Gente ferida... Gritaria, gemidos, correria. Por causa das suas adivinhações, Dadá passou a ser mais respeitada, fosse por homem, fosse por mulher do cangaço. O que ela falasse valia igual à ordem do marido.

— Cuidado! A cara de dona Dadá é de quem tá adivinhando coisa... e boa não costuma ser... — diziam os companheiros ao verem a cangaceira séria, olhando para o nada. Era justamente no silêncio que buscava as respostas para os segredos do coração. Sua cisma aumentava com a chegada da noite, porque ela sentia que com a escuridão também vinha o sofrimento. Desconfiada, sempre dizia:

— Do fim do dia, não gosto não. Ainda mais que o vento adora espalhar o sereno.

25

Com as suas previsões e intuições, Dadá colecionava outras esquisitices. Uma delas era a de encostar o ouvido no chão e, concentrada, escutar os barulhos que vinham pela terra. Muitas vezes, depois de ouvir o que só ela era capaz de entender, anunciava perigos que estavam por acontecer.

— Corisco, tem macaco na área. — Eram os soldados chegando. — Vamos arredar pé... e depressa.

O medo não parecia fazer parte dos seus pertences: enfrentava qualquer situação difícil. Podia estar embalando o filho pequeno nos braços quando começava a chover bala de todo lado. Com a calma de quem já estava acostumada com aquela vida de alto risco, enganchava a criança na cintura, arma na mão e caía no mato, pernas, para que te quero!

Dadá não se habituara a beijos e abraços, aconchegos e chamegos: na rudeza do ambiente em que viviam, não dava tempo para demonstrar afeto. Mas existia imenso carinho entre ela e o Corisco.

A execução de Lampião pela volante, numa tocaia sem defesa, foi meia morte para Corisco e o começo do fim do cangaço.

Dadá, vendo a tristeza do marido e já cansada de viver sem sossego, com a polícia não dando trégua, convenceu seu inseparável companheiro a largar aquela rotina sem eira e nem beira. Queria viver a vida que lhe sobrava: erguer sua casa e criar os filhos que tinham ficado espalhados pelo agreste sem fim. Juntos, eles haviam desenhado um caminho de sangue e poeira na memória do sertão.

— Eu fui o dobro de uma heroína, mas quem me fez assim foi o medo — diria ela, muitos anos mais tarde, contradizendo a lenda a seu respeito.

Esse medo, que ela soube disfarçar tão bem, deu-lhe a vontade de lutar até o fim.

Um dia, quando pela primeira vez o casal estava com rumo certo e buscava um destino do qual não precisassem mais fugir, os macacos cercaram a casa onde os dois se escondiam. Só o perceberam quando os estrondos e o cheiro de pólvora tomaram novamente o ar. Era a guerra de perseguição que não tinha mais fim. De longe se escutava o eco do combate. O tenente que comandava a ação gritou bem alto:

— Se entrega, Corisco!

Ao que o cangaceiro revidou:

— Não me entrego, não! Pode atirar, seu macaco. Um homem como eu só se entrega às mãos de Deus.

Não demorou muito para que o valente Corisco tombasse atingido pela carga dos tiros, morrendo em seguida. Dadá, que tinha enorme valentia, também foi baleada, perdeu uma perna, mas sobreviveu.

Muitas são as histórias, tantas são as lendas. Uma, porém, ninguém discute: Dadá foi uma mulher de coragem e amou de verdade Corisco.

LUCIANA SAVAGET

Sou jornalista e escritora de livros, como *Gravata Sim, Estrela Não*, *Japuaçu e a Estrela do Fogo*, *O Amor de Virgulino, Lampião* e *Maria, a Bonita*, publicados pela Editora DCL.

Para mim, escrever é como estar do lado avesso das coisas, é ver a vida pelo lado de fora. Quando nós, escritores, criamos uma história, é para que cada palavra se prolongue no gesto, no olhar, e na voz, que nos conduz à imensidão do imaginário, lá onde fica o ar que respiramos por meio da criação literária.

Dadá, a Mulher de Corisco vem desse universo. Essa personagem real que eu descobri nas minhas andanças pelo Nordeste me ensinou o que é ser corajosa e o que significa a palavra amor.

Nós podemos ter a certeza de que a existência de uma pessoa, quando é intensa, vale a pena acabar nas páginas de um livro.

GILBERTO MIADAIRA

Diferentemente dos outros livros: *O amor de Virgulino, Lampião* e *O amor de Maria, a Bonita* fui, neste *Dadá, a mulher de Corisco* à procura de outras referências que não só as do universo do cangaço. Senti a necessidade de fazer uma outra leitura visual, para não acontecer uma repetição do que fiz anteriormente. Menos por conhecimento e mais por ancestralidade, fui à procura de Utamaro, Kuniyoshi, Hokusai, artistas japoneses dos séculos XVIII e XIX. Tomei emprestado traços de gravuras de Picasso. De mim vem a antiga veia quadrinista. Intuição, acaso e cinema misturando-se a tudo isso, com a liberdade dada pela editora e pela escritora. As idéias mudando a cada dia pareciam me dizer que não há um fim mas um meio. E esse meio é o resultado, são os desenhos deste livro escrito com muito talento e delicadeza pela Luciana e ilustrado por mim, Miadaira.